Ye

3225

L'ELOGE
DV ROY,
SVR SES
CONQVESTES·
ODE.

Par le Sieur M. de Lagravote·

AVEC PERMISSION·

+V   (1672·

L'ELOGE
DV ROY,
SVR SES CONQVESTES
ODE.

INVINCIBLE MONARQVE *à qui tout*
rend homage :
Le plus Chreſtien des Roys qui ſoit
dans l'univers,
Heros *de qui le cœur ne craint point les dangers*
Et de qui la ſageſſe égale le courage !
Souverain Potentat *vos exploits glorieux*
Ont déja ſurpaſſé les faits de vos ayeux;
La gloire ou le bon-heur par tout vous environne :
De tant de qualitez vous eſtes reveſtu
Qu'encor que vous portiez le Sceptre & la Couronne
Vous brillez moins par eux que par voſtre vertu.

Ie m'aquitte envers vous d'un devoir legitime!
Puis que je vous presente aujourd'huy de l'encens.
Prestez un peu l'oreille à mes justes accens
Et devenez sensible aux doux trais de ma rime;
J'entreprens de chanter des airs melodieux
Qui doivent retentir jusqu'au plus haut des Cieux,
Le sçavant Apollon m'abandonne sa Lyre:
Mon dessein secondant mes inclinations,
Ie compose ces vers où chacun pourra lire
L'abregé merveilleux de vos perfections.

Ie sçay que les grandeurs & les pompes du monde,
Que l'éclat de la Pourpre & de la Royauté,
Que les divers apas dont on est enchanté,
Coulent devant vos yeux aussi viste que l'onde;
Par tout on vous admire avec étonnement,
Et vostre grand genie & vostre jugement
A ce vaste Univers étallent des miracles:
On void peu de Heros qui soient à vous pareils,
Vos parolles toujours sont de parfaits Oracles
Et tous vos sentimens sont de sages conseils.

Dans

Dans *voſtre Cabinet vous rangés une armée ;*
Vous reglés les aſſauts , les ſieges , les combats ,
Et vos travaux font plus que ne font mille bras,
Soutenant la grandeur de voſtre renommée ;
Par vos ſoings precieux le Trône eſt affrmy
Par eux nous abaiſſons l'orgueil de l'ennemy
Et remportons ſur luy ſans ceſſe la victoire ;
Mais ſans exagerer ces belles actions,
Vous recevés d'ailleurs une plus grande gloire
Puis que vous triomphez des vaines paſſions.

Lors que du champ de Mars *on ouvre la carriere,*
Vous y courez, d'abord ſans redouter les coups ;
Dans les nobles tranſports d'un ſi juſte courroux
On connoiſt voſtre humeur genereuſe & guerriere ;
L'intereſt de la France *auſſi-bien que l'honneur*
A de puiſſans combats excite voſtre Cœur
Où l'on vous reconnoiſt auſſi vaillant que ſage,
Parmi tant de guerriers dont on fait plus d'état ;
Admirable Louis, *vous avés l'avantage*
D'eſtre grand Capitaine & courageux Soldat.

B

Ainſi que le Soleil par ſes regards aimables
E'claire doucement, échauffe les humains,
Ainſi que Iupiter tient la foudre en ſes mains
Pour éprouver les bons & punir les coupables,
Grand Roy par vos faveurs & par vos puiſſãts traits
Vous produiſés par tout ces merveilleux effets
Et tenés de Themis juſtement la balance,
Ce Royaume écclatant fleurit ſous voſtre loy,
Et l'on peut en tous lieux vous nõmer cõme en France
Le Soleil de la terre auſſi bien que le Roy.

Ce n'eſt pas ſans raiſon que ma main ſe prepare
A peindre les progrés d'un Roy victorieux,
Ayant choiſi Louis, pouvoisje choiſir mieux
Ny trouver un objet plus pompeux & plus rare;
Voſtre valeur fournit d'admirables ſujets
Pour pouvoir reüſsir dans mes hardis projets
Si ie ſçay bien traiter cette riche matiere;
Mais dans le haut deſſein que maintenant i'ay pris
La Holande ouvrira cette belle carriere
L'à, de meſme qu'icy, l'on connoiſt voſtre prix.

Vous attaqués d'abord quatre importantes places!
Rhimberg est assiegé, Vezel, Burik, Orsoy,
Toutes quatre à la fois tombent sous vostre loy,
Et craignant vos rigueurs vont implorer vos graces
Loin de vous reposer à l'ombre des lauriers
Dont vous couvrés le front de cent mille guerriers,
Vous poussez plus avant le char de la Victoire,
Réez, Emerik encor cedent à vostre écclat,
De peur de differer le bonheur & la gloire
D'obeyr au pouvoir d'un si grand Potentat.

Malgré les escadrons qui gardoient le passage
Pour deffendre avec soin le fameux bord du Rhin,
CONDE' L'ayant passé dessus un pont d'airain,
Nos braves à l'envi le passent à la nage:
Vostre aspect augmentant la vigueur des François,
Affoiblissoit alors celle des Holandois,
Vous avez veu leur fuitte & leur défaite entiere:
Mais rien ne vous arreste en ce rapide cours,
Ainsi que le Soleil poursuivant sa carriere
Vous cheminez sans-cesse & triomphez toujours.

Condé *dont le feul nom exprime la vaillance,*
Fait trembler les Citez & fuir les ennemis,
Aux volontez du Roy les auroit tous foumis
Si l'on n'eut irrité leur crainte & leur filence ;
Le Duc de Longueville *y marche des premiers,*
Et reçoit le trépas au milieu des lauriers,
fondant fur l'efcadron & forçant la barriere :
Anguien fe fignalant dans un fi beau deffein !
Pour dégager le fils on voit courir le pere
Et parmy la meflée on le bleffe à la main.

Arnhem & Doesbourg *apprenant la nouvelle*
Des beaux exploits que fait voftre grande valeur,
Cedent fans confulter à voftre bras vainqueur ;
Qui fçait punir l'orgueuil de ce peuple rebelle.
Le fameux fort de Skin *, ceint de puiffans rempars*
Ayant bravé l'Efpagne *eut bravé les Cæfars,*
Devient voftre conquefte & craint voftre colere,
*Ainfi qu'*Orfoy, Zutphen *à* Pinilippes *fe rand,*
Ce grand Duc d'Orleans *eft voftre digne frere*
Et combattant pour vous il devient Conquereant.

Du

Du fort de Saint André vous-vous rendés le maiſtre
Et paſſés du Betau dans l'Iſle de Bomel,
Le bruit de vos hauts faits reſonne ſur Liſſel
Et le Batave ingrat apprend à vous connoiſtre,
A voſtre exemple auſſi l'Eveſque de Munſter
Approche, aſliége, preſſe & dompte Deventer
Et ſur les lieux voiſins fait Gronder le tonnerre.
Ruyter au gré des vents attaque les Anglois,
D'Eſtrées les deffend & ſur mer & ſur terre,
On voit ègallement triompher les François.

Vtreĉt ayant uſé d'adreſſe & de prudence
Evite heureuſement voſtre juſte couroux,
Et de peur de ſentir la force de vos coups,
Vous preſente les clefs ſans faire reſiſtance ;
Nimegue ſe deffand pendant huit jours entiers,
Des autres toutéfois elle ſuit les ſentiers :
La Viĉtoire vous aime & marche ſur vos traces :
Grave, Bomel, Vvœrdein, ſe rangent ſous vos loix,
En deux Lunes on prend plus de quarante places
Dont la moindre attendoit un ſiege de ſix mois.

THEREZE *Vôtre Epouse & noſtre auguſte* REYNE
Durant le triſte cours de voſtre éloignement,
Pleure, languit, ſe plaint, ſoupire tendrement,
Et ſon plus doux repos eſt ſuivy de ſa peine;
Elle a bien du plaiſir de vous voir triomphant,
Elle a bien du regret de vous ſçavoir abſant:
Expoſé nuit & jour dans un peril extreme:
Son cœur amoureux vole au devant des courriers,
Mais elle s'étudie à ſe vaincre ſoy-meſme
De crainte de ternir l'éclat de vos lauriez.

Le DAVPHIN *ce cher fruit du Royal hymenée,*
Cét Aſtre eſt languiſſant eſloigné du Soleil,
Il le cherche au couchant! il le cherche au reveil,
Et ce jour eſt ſi long qu'il luy dure une année;
Dans la fleur de ſon aage & dans ſes tendres ans
Il témoigne ſa force en ſes reſſentimens
Et partage déja vos ſoins & voſtre gloire:
Ce Prince tout remply de vertus & d'apas
Des Grecs & des Romains abandonne l'hiſtoire
Apprenant dans la voſtre à marcher ſur leurs pas.

Turenne *dont l'adreſſe &/ dont l'experience*
Ont *rendu ſa conduite &/ ſon nom ſi fameux,*
Ce general parfait ce Prince belliqueux,
Secondè heureuſement le deſſein de la France;
Il execute bien *vos loix &/ vos conſeils,*
Il fait en divers lieux des actes nompareils,
Et le bon-heur conduit toutes ſes entrepriſes:
Pendant que ce guerrier exerce ſon employ,
Boüillon ſon cher neveu beniſſant les Egliſes
Dans le païs conquis fait renaiſtre la foy,

Tant de brillās *Drapeaux portés dans nòtre Tẽple*
Marquent *voſtre Victoire &/ voſtre piété,*
Le Prelat de Paris *par ſa fidelité*
Suivant vos ſentimens ſervoit a tous d'exemple;
Vous y fuſtes preſent apres voſtre retour,
La Reyne, le Dauphin, *les plus grands de la Cour,*
Chacun ſe réjoüit comme aux plus grandes feſtes:
On voit les fœux de joye éclatter en tout lieu,
Et le Ciel accroiſtra ſans-ceſſe vos conqueſtes
Puis que vous conſacreℤ vos triomphes à Dieu.

Le Duc de Luxembourg *dont la naiſſance illuſtre*
Rehauſſe dignement les belles actions,
A montré ſa valleur dans les occaſions
Et vient preſentement d'en augmeuter le luſtre;
Par le Prince d'Orange *& par ſes combatans*
Vvoerden *eſt aſſiegé malgré les habitans,*
On ſe retranche, on tire, on promet, on menace;
Des meilleurs regimens ce Duc *ayant fait chois*
Y court, il fait entrer du ſecours dans la place
Et fait lever le ſiege aux triſtes Holandois.

Apres cela GRAND ROY, *que reſte-il à dire!*
Que peut-on aiouſter à ces fais inoüis!
Quel fameux Conquerant *eſt égal á* Louis!
Quel Prince *a plus de ſoin d'agrandir ſon Empire!*
Quel honneur pour l'Eſtat & pour la Royauté,
Mais quel étonnement pour la poſterité;
Ceux qui ne l'ont pas veu pourront-ils bien le croire!
On admire par tout vos triomphes divers,
Et nos fiers ennemis (Ialoux de voſtre gloire)
Doutent ſi vous allez prendre tout l'Univers.

Mille

Mille perfections parent voſtre couronne
Que l'envie ou le tems ne peut jamais briſer,
Quand vous en auriez cent on les doit moins priſer,
Que celle qu'auiourd'huy le merite vous donne;
Les plus grands de la terre eſtiment vos vertus,
Les Princes ſouverains à vos pieds abbatus,
Eſprouvent iuſtement quelle eſt voſtre puiſſance,
Dans leur ſoumiſſion ils ſeroient trop heureux!
S'ils pouvoient ſeulement avoir voſtre alliance
Et font pour cet éffet tous les iours mille vœux.

On pourra lire au long dans voſtre belle hiſtoire
Le fidelle recit des meilleurs écrivains,
Vos moindres actions & vos moindres deſſeins
Sont dignes de remarque & d'eſtime & de gloire;
C'eſt en vain qu'on voudroit vous pouvoir imiter
Et c'eſt en vain auſſi qu'on voudroit raconter
Les faits miraculeux dont l'Europe s'étonne?
Vous meſlez dans nos cœurs la crainte avec l'amour
Et vos propres vertus forment une couronne
Digne de ces grands Roys dont vous tenez le iour.

D

Parmy tant de trefors qu'en vous chacun admire
Et de qui la grandeur ètonne les mortels :
Voftre feule bonté merite des autels
Et foumet les plus fiers à voftre aymable Empire ;
Ma main ne trouve point d'affez charmantes fleurs,
Et mon pinceau n'a pas d'affés vives couleurs
Pour peindre juftement voftre fidelle Image
Le deffein que je prens paroit audacieux :
Si ma force pourtant efgalloit mon courage :
Ie vous efleverois jufqu'au plus haut des Cieux.

Vous eftes un parfait & merveilleux modelle
Des plus grands conquerans qu'on ait jamois pû voir
Et par vos actions nous pouvons concevoir
Combien voftre ame eft grande & côbien elle eft belle ;
Il faut pour raconter toutes vos qualitez   [certez,
Des vers beaucoup plus beaux beaucoup mieux con-
Une main plus fçavante, un plus habile maiftre ,
Se feroit de ma force un peu trop prefumer !
Vn feul de vos hauts faits en fera plus paroiftre
Que ma Mufe en dix ans n'en fçauroit exprimer.

Voſtre aſpect, gratieux contente tout le monde!
Voſtre rare bonté nous comble de bien-faits,
Et voſtre eſprit remply de lumiere & d'attraits
Montre des dons du Ciel la richeſſe feconde;
Vos ſuperbes Palais brillent de tous coſtez!
Voſtre Auguſte preſence augmente leurs beautez,
Et chacun en reçoit un inſigne avantage:
Parmy tant de ſujets ſi charmans & ſi beaux!
Dans ces aymables lieux ma Muſe a le courage!
De chanter en tout temps les ayrs les plus nouveaux.

Pour dignement parler de voſtre grand merite!
Il faut la voix d'un Ange & l'eſprit & la main!
Vn mortel ne ſçauroit loüer un ſouverain.
Dont la gloire eſt ſans prix & n'a point de limite;
Puis-je par mes efforts, nom plus que par mes vers,
De voz rares exploits, de voz charmes divers,
Exprimer clairement une ſeule partie!
Grand ROY Ie ne croy point m'en pouvoir demeſler!
De ſi beaux ornemens voſtre ame eſt aſſortie?
Qu'il vaut mille fois mieux me taire que parler.

M. DE LAGRAVETE.

www.ingramcontent.com/pod-product-compliance
Lightning Source LLC
Chambersburg PA
CBHW061426170626
46811CB00005B/2148